Coordinador de la colección: Daniel Goldin
Diseño: Joaquín Sierra, sobre una maqueta
original de Juan Arroyo
Diseño de portada: Joaquín Sierra
Dirección artística: Mauricio Gómez Morín

A la orilla del viento...

PATRICIA
MACLACHLAN

ilustraciones de
Cees van der Hulst

traducción de
Laura Emilia Pacheco

Primera edición en inglés: 1991
Primera edición en español: 1996
Tercera reimpresión: 2003

Título original: *Journey*

Publicado por acuerdo con Dell Publishing,
filial de Bantam Doubleday Dell Publishing Group, Inc., Nueva York
ISBN 0-385-30427-7

Av. Picacho Ajusco 227; México, 14200, D.F.
www.fce.com.mx
Comentarios y sugerencias: alaorilla@fce.com.mx

ISBN 968-16-4722-X
Impreso en México • Printed in Mexico

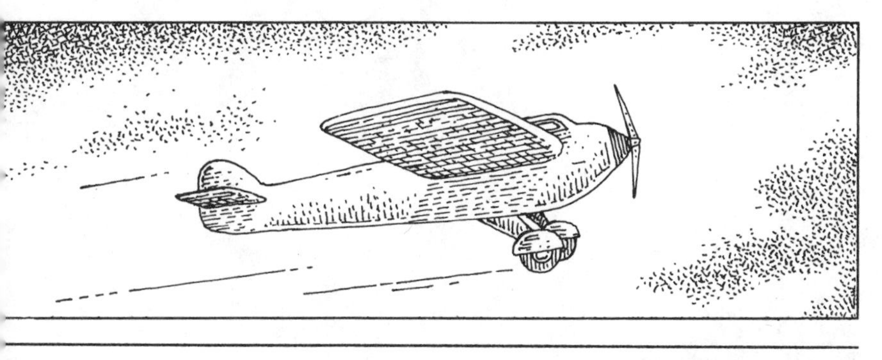

Para John MacLachlan

FONDO DE CULTURA ECONÓMICA

Nuestro viaje interior nos conduce a través
del tiempo: hacia adelante y hacia atrás, casi nunca en línea recta,
casi siempre en espiral.

Eudora Welty,
Los inicios de una escritora

La fotografía es un instrumento que trata de lo que
todos saben pero a lo que nadie pone atención.

Emmet Gowin, en
Sobre la fotografía
de Susan Sontag

MAMÁ me llamó Viaje. Viaje, como si de algún modo hubiera querido heredarme su impaciencia. Pero mamá fue la que se marchó el año en que cumplí los once, antes de que la primavera estallara en nuestra colina con explosiones de laurel de montaña; antes de que el verano llegara con el suave golpeteo de la tela de alambre de la puerta, noches sofocantes y moho sobre los libros. Debí haberlo sabido, pero no lo supe. Cat, mi hermana mayor, sí lo supo. La abuela lo sabía, pero no se lo dijo a nadie. El abuelo también lo sabía y nos lo dijo a todos.

Mamá se paró frente al granero con una maleta a sus pies.

—Enviaré dinero para Cat y para Viaje —dijo mi madre.

—Eso no basta, Lidi —le respondió el abuelo.

—Volveré, Viaje —dijo ella suavemente.

Pero alcé la vista y pude ver la forma en que la luz temblaba en su cabello haciendo que se viera como un ángel, como alguien de otro mundo. Incluso en ese instante ella estaba en otra parte.

—No, hijo —me dijo el abuelo en voz alta cuando estábamos en el granero—: Ella no volverá.

Y entonces le pegué.

Capítulo 1

❖ MI ABUELO está recostado boca abajo en la hierba. Con su cámara toma un acercamiento de estiércol de vaca. Ha tomado muchas fotografías durante las semanas transcurridas desde que mi mamá se fue. Retrató a María Luisa, una de nuestras vacas menos mansas, sumida hasta los jarretes entre el lodo. A la abuela en la despensa, leyendo un libro mientras las abejas, atraídas por el aroma de su vino de grosella, le rondaban la cabeza como en una especie de halo. Y se ha autorretratado muchas veces con el dispositivo automático que aún no acaba de entender. Las imágenes de sí mismo lo fascinan. Las tiene pegadas en fila en la pared al fondo del granero. La serie muestra al abuelo en pleno movimiento, sorprendido en el instante de entrar a cuadro o de abandonarlo. Algunas con sonrisas tontas o su cabello al aire. Hay una de su mano curtida por el trabajo y tendida con gracia, la única parte de él que logra entrar a cuadro antes de que la cámara haga *clic*.

Cat le regaló la cámara al abuelo durante uno de sus arrebatos de limpieza.

—Abandoné la fotografía —gritó ella, con la cabeza bajo la cama mientras desenterraba su vida—. He dejado la flauta y casi todo lo demás, incluyendo la carne —dijo con énfasis—. Me pasé la tarde mirando una vaca a los ojos. A partir de hoy seré vegetariana.

—¿Cuál vaca? —le preguntó la abuela con toda seriedad.

Cat le lanzó una mirada furtiva. El abuelo tomó la cámara de Cat y miró a través de la lente.

—¿Ya no la quieres, Cat?

Cat suspiró.

—Mis fotografías son tan... —Hizo un ademán hacia donde se hallaba un montón de fotos—. Tan...

—...aburridas. —Mi abuelo terminó la frase por ella.

Sentí que la cara se me encendía de furia pero Cat se rió.

—Quédate con ella, abue —dijo mi hermana alegremente.

El abuelo se volvió a verme:

—¿Tú no la quieres, Viaje?

—No.

¿Qué se imaginaba que iba a fotografiar? ¿Esta granja? Podría describirla a ojos cerrados: los abetos a orillas de la pradera, el arroyo que la atraviesa, los muros de piedra que enmarcan todo. Conocía cada centímetro de cada hectárea. ¿Qué iban a decirme las fotos? Y las personas: ¿qué iban a decirme las fotos de mi abuela, siempre tan callada, y de mi abuelo, alto y directo?

En el tocador de Cat había una foto de mi padre. Cuando yo era pequeño él se fue a alguna parte. En la foto se veía joven, reía y sus ojos no tenían en cuenta la cámara, no hacían caso del lugar, me pasaban por alto. De chico llevaba conmigo la foto para recordarlo. Trataba de colocarla de modo que sus ojos se encontraran con los míos. Pero nunca lo hicieron. Su rostro no parecía de carne y hueso: era como de piedra tallada. Y la foto nunca me hablaba de lo que yo quería saber. ¿Papá nos recordaría a Cat y a mí? ¿Dónde estaba? ¿Lo reconocería si lo encontrara?

Di media vuelta y la cámara hizo *clic*: la primera fotografía que me tomó el abuelo. Lo miré, furioso. Bajó lentamente la cámara y me vio con expresión de sorpresa consternada, como si hubiera visto algo inesperado a través de la lente.

La voz de la abuela rompió el silencio:

—Yo me quedo con la flauta, Cat. Y con esto.

La abuela se había puesto la sudadera que mi mamá le regaló a Cat. Tenía escrito LIDI al frente con letras grandes.

—¡No! —Mi voz sonó con más violencia de la que yo me había propuesto—. ¡Es de mamá!

Mi abuelo me puso la mano en el hombro:

—Tu mamá la dejó, Viaje.

Me zafé de su mano y me separé de él.

La abuela estaba de pie frente a la luz de la ventana, con el cabello revuelto, como el pelo de mi mamá en el granero. Me volví a ver a Cat porque quería saber si se daba cuenta; pero ella le sonreía a la abuela.

—Te ves muy bien, abue.

Cat me arrastró para que la acompañara a darle un abrazo a la abuela. El abuelo tomó una fotografía que aún me sorprende cada vez que la miro; no por la abuela, con su cabello recogido con una cinta y su sonrisa discreta, como si conociera los misterios del mundo; ni por Cat que ríe con la cabeza echada hacia atrás, sino por mi rostro que mira fijamente a la cámara con una furia tan intensa que hace que yo, aun en medio de la luz y de las risas, sea el centro de la foto. ❖

Capítulo 2

❖ LA PRIMERA carta que no era una carta llegó en el correo de la tarde. Yacía en la mesa de la cocina como una manzana caída. Dirigida a Cat y a mí, tenía el nombre de mi mamá escrito en el extremo superior izquierdo.

Había visto a Cat avanzar sin prisa desde el buzón por la vereda del frente, como captada en cámara lenta, o en una serie de lo que mi abuelo llamaba fotos fijas: Cat sonriendo. Cat con mirada ansiosa. Cat con el rostro a punto de revelar una sonrisa. Entró por la puerta del frente, pasó junto a mí y abrió la mano para dejar caer el sobre en la mesa.

—No tiene remitente —dijo categórica.

La abuela meneaba la sopa en la estufa. Me miró de reojo. Luego desvió la mirada.

El abuelo, que limpiaba la lente de su cámara con un papel especial, suspiró y alzó los hombros, igual que cuando decía algo que yo no quería oír.

—Supongo... —comenzó a decir.

La voz de la abuela me sobresaltó:

—¡Marcus! —dijo, y continuó con una voz más suave—: Déjalo en paz.

Cat
10000
SERIE
95
Viaje
10000

Cat empezó a picar zanahorias en la mesa de la cocina. Mi abuelo respingaba a cada tajo violento.

—Creo *(pas)* que lo que el abuelo quiere decir *(pas)* es que en el sobre va a haber *(pas)* dinero, no palabras.

Cat se detuvo y se quedó mirando la mesa. El silencio repentino, como ruido, invadió la habitación.

—No las palabras que quieres —me dijo Cat con suavidad.

Sentí que los ojos se me llenaban de lágrimas. En la voz de Cat había algo tierno y triste que me hizo recordar a mamá.

La abuela dejó de menear la sopa y el abuelo carraspeó:

—Te vas a decepcionar —dijo.

—No estoy decepcionado —respondí a gritos—. ¡No lo estoy!

Tomé la carta, rompí un extremo del sobre y soplé en su interior como siempre lo hacía el abuelo.

Adentro había dos paquetitos de dinero. Los billetes estaban asegurados con clips y un trozo de papel. Uno decía CAT. El otro, VIAJE. El clip sobre mi nombre estaba doblado, como si en vano mamá hubiera querido hacerlo bien. Me quedé mirando el clip largo rato.

—Tiene palabras —dije. Mi voz subió de tono—. ¡Tiene palabras! Nuestros nombres están allí. ¡Nuestros nombres son palabras!

Hubo un silencio. El sonido de mi voz quedó suspendido entre nosotros. Cat se volvió para mirarme:

—Quédate con el dinero, Viaje. Haz lo que quieras con él. —Cat volvió a cortar zanahorias pero esta vez lo hizo con un ritmo suave y acompasado.

—Lo voy a meter al banco —dije. Sin moverse de la estufa la abuela me sonrió. El abuelo la miró a través de su cámara y tomó la fotografía. Me quedé inmóvil, súbitamente enojado, deseando que dejara de tomar fotos.

—¡Voy a abrir una cuenta de viaje! —grité.

Sorprendido, mi abuelo asentó su cámara.

—Así cuando mi mamá nos diga dónde está, ¡Cat y yo podremos ir a visitarla! Tomaremos un autobús... o un tren. Algo veloz.

Bajé la mirada para ver la carta que tenía en la mano.

—Se le olvidó el remitente —dije.

Cat se dio media vuelta desde la mesa y me miró.

—Se le olvidó. Es todo —dije suavemente.

La abuela se limpió las manos en el delantal y vino hacia mí para abrazarme. Percibí olor a cebolla y algo parecido a flores, azucenas quizá, y me solté a llorar.

—Ay, Viaje —murmuró la abuela.

Escuché el *clic* de la cámara del abuelo.

—¿Por qué hace eso? —mi voz se ahogó en el hombro de la abuela. Me eché hacia atrás para mirar al abuelo—: ¿Por qué haces eso? ¿Por qué?

—Porque necesita hacerlo —dijo suavemente mi abuela.

—No entiendo.

—Lo sé —murmuró.

* * *

Mi habitación estaba moteada por el sol. Por la ventana entraba el aroma de las azucenas, mezclándose con el de los lirios que crecían al pie de los arbustos.

—¿Viaje?

La puerta se abrió. Abuela se quedó allí, con un tazón de sopa en una mano y un álbum en la otra. Dejó el tazón en la mesa junto a mi cama. En seguida abrió el álbum. Estaba lleno de fotos; fotos de personas que yo no conocía: hombres con trajes negros, camisas blancas almidonadas y sombreros de ala ancha; mujeres con vestidos floreados; niños que llevaban en la cabeza moños del tamaño de un globo. La abuela señaló con el dedo:

—Soy yo —dijo—. Cuando tenía la edad de Cat.

En la foto la abuela estaba en el columpio del jardín, mirando directamente hacia la cámara con una gran sonrisa. En el jardín había mesas con alimentos, jarras y cuencos llenos de flores.

—Esta fotografía se tomó un 4 de julio de hace mucho tiempo. —La abuela cerró los ojos—. Creo que es de 1930. El día en que conocí a tu abuelo.

—Te ves contenta —dije.

La abuela asintió y miró la fotografía:

—La cámara sabe —dijo.

—¿Qué sabe?

Pasó más páginas del álbum.

—Y aquí está tu mamá, a la misma edad, el mismo día, pero muchos años después. Tu abuelo tomó esta foto. Desde luego, no tenía una cámara tan buena como la de ahora.

En la foto la niña que mi mamá fue estaba sentada tras la mesa, con la cara entre las manos y la vista perdida en la distancia. A su alrededor todos reían y charlaban. Lanci, la hermana de mi mamá, le hizo una mueca a la cámara. El tío Minor, con el cabello quemado por el sol, fue sorprendido tomando un puñado de galletas. En el fondo, un perro saltaba para atrapar una pelota. Sus orejas flotaban como si el viento las hubiera alzado y detenido. Pero mi madre se veía callada y ajena a todo.

—Es una bonita fotografía —dije—. Excepto por mamá. Debe haber sido la cámara —añadí.

La abuela suspiró y me tomó de la mano.

—No, no era la cámara, Viaje. Era tu mamá. Tu mamá siempre quiso estar en otra parte.

—Bueno, ahora lo está —contesté.

Pasado un momento la abuela se puso de pie y se marchó. Estuve sentado largo rato, mirando la fotografía de mamá como si mi mente pudiera hacer que ella se volviese a conversar con la persona que estaba a su lado. Si yo miraba la foto el tiempo suficiente mi mamá se movería, se estiraría y le sonreiría al abuelo que estaba detrás de la cámara. Sin embargo, no lo hizo. Dejé de mirar pero su rostro se quedó en mi mente. La expresión de mamá era algo que conocía bien. Algo que recordaba.

Estoy en otra parte. Soy muy pequeño, como de cinco o seis años. Llevo puestos mi overol y mis botas amarillas de hule nuevas. Sigo a mi mamá por la pradera. Ha llovido y todo está limpio y brillante. El cielo se encuentra despejado. A medida que camino mis botas rechinan y cuando trato de alcanzar a mamá caigo en el riachuelo. No tengo miedo, pero cuando alzo la vista mamá se ha

Tu mamá siempre quiso estar en otra parte..

ido. Unos brazos me levantan. Los brazos de otra persona. Esa persona me quita las botas y les saca el agua. Mi abuelo. Estoy enojado. No es a mi abuelo a quien quiero. Quiero a mi mamá. Pero mi mamá va muy lejos y no se vuelve para mirarme. Ella está en otra parte.

Fui hacia la ventana. Las aves aún trinaban, las flores aún florecían, las vacas aún dormían en la pradera y yo me tomé la sopa —ya helada— como si mamá jamás se hubiera marchado. ❖

Capítulo 3

❖ COOPER entró, como siempre, por la ventana de mi cuarto, sólo que esta vez llevaba a su hermanito en un cabestrillo pegado a su pecho, como un chimpancé cargando a su cría. El rostro de Cooper era redondo y suave, tenía el cabello castaño cortado de manera uniforme alrededor de la cara, como si su madre le hubiera puesto un tazón de aluminio en la cabeza. Cuando veía a mi hermana el amor ensanchaba aún más el rostro de Cooper. Cat estaba sentada en mi cama viendo el álbum de fotos y le devolvió la sonrisa a Cooper. A ella le caía bien, a pesar de que era mi mejor amigo. A Cat le caía bien a pesar de que, como decía mi abuelo, él estaba "idiotizado" por ella. Prácticamente cada año desde que él tenía seis, Cooper le había propuesto matrimonio a mi hermana.

—¿Y luego? —Cooper me miraba con la ceja arqueada.

Negué con la cabeza. Cooper no ignoraba que mi madre se había marchado, pero no hacía preguntas. Preguntas como: ¿dónde está?, ¿por qué no les ha escrito?, ¿a dónde fue?, *¿quién tiene la culpa?*

Alcé la vista, sorprendido por mis pensamientos y con el temor de haber pensado en voz alta; pero Cat y Cooper miraban al bebé.

Emmett, el bebé, extendió su manita hacia Cat con un movimiento descoordinado, como si su cabeza no le dictara a su mano cómo hacerlo. Sonriendo, Cat le ofreció su dedo. El bebé lo tomó. En ese instante, un hálito de satisfacción se esparció sobre su rostro.

Cooper le sonrió a Emmett.

—Tengo que cuidarlo durante toda una hora mientras mamá deshierba el jardín —dijo Cooper, lleno de felicidad, en tanto que desenredaba a Emmett del cabestrillo—. No sé si para formar o arruinar su cerebrito. ¿Qué será?

Emmett se recostó sobre Cooper y se quedó mirándome, como si esperara una respuesta, sus ojos muy oscuros, húmedos y sabios, y tan directos que después de un momento desvié la mirada.

—Se parece a ti, Cooper —dijo Cat.

—Todos nos parecemos —dijo Cooper—. Toda la familia es idéntica, a través de los siglos de los siglos, en planicies y océanos, desiertos y montañas. Podrías echar al aire nuestras fotos y cuando cayeran al piso verías que todas se parecen a mí.

Cat se rió, el bebé también y eso nos hizo reír a todos.

—Bueno, yo no me parezco a nadie —dije—. Al menos a nadie que conozca.

Cat se revolcó sobre la cama para tomar el álbum de fotos e ir pasando sus páginas. De pronto Cooper señaló:

—¿Eres tú, Cat? ¿En el jardín?

Cat estaba tranquila.

—No —dijo con lentitud—. Es mamá. Es mamá hace mucho tiempo.

—Ah. —Cooper me miró, incómodo—. Es sólo que...

—Nos parecemos muchísimo —completó Cat.

Volvió a pasar las hojas del álbum.

—Mira. ¡Ahí está a quien me parezco!

Era la fotografía de la abuela en el columpio del jardín. La de la sonrisa. Con mucho cuidado Cat sacó la foto del álbum y caminó hasta el espejo. Sostuvo la foto frente a ella y sonrió.

—Miren. ¿Ya vieron?

Cooper y yo nos pusimos de pie tras ella, con el bebé sonriéndonos a todos en el espejo.

—Sí, ya vi —respondió Cooper.

Cat me miró, aguardando.

—Sí —dije. Era como si todos estuviéramos allí, de pie, haciendo un extraño juramento, frente a una niña con cabello claro y otra que se veía igual a la de la foto, pero no era igual, y ahora tenía el cabello cano recogido con una cinta.

—Pero —no pude dejar de añadir—, también te pareces a mamá.

La sonrisa de Cat se congeló, sus ojos se entrecerraron. Entonces el bebé dio un salto emocionado en brazos de Cooper y el abuelo se colocó detrás de nosotros.

—¡Ah! —le dijo al bebé—. Miren quién ha venido a visitarnos. Hola, Cooper.

El abuelo se quitó la cámara del cuello y me la entregó. Extendió sus brazos. Emmett se fue feliz con él y agarró sus lentes. El abuelo, riéndose, se los dio a guardar a Cooper. En ese momento me llevé la cámara a los ojos a fin de ocultar mi sorpresa. Sin sus lentes la cara de mi abuelo era otra; sus facciones agudas se suavizaron. A través de la cámara pude ver las arrugas en las comisuras de sus ojos; se veían menos severos. Su rostro se alisó. Se veía más joven. Se veía... Sin pensarlo apreté el botón y el obturador se disparó. Mi abuelo alzó la vista.

—Lo siento —dije—. No era mi intención hacerlo.

—No, no, Viaje. —El abuelo me sonrió y se sentó en la cama con el bebé—. Puedes sacar todas las fotografías que quieras.

El abuelo sentó a Emmett sobre sus rodillas y lo tomó de las manitas:

—Aserrín, aserrán,
los maderos de San Juan...

Emmett brincaba y reía. Alcé la cámara, cerré los ojos.

—Aserrín, aserrán,
los maderos de San Juan.
Piden pan:
no les dan.
Piden queso
y les dan un hueso.

* * *

Estamos en el jardín. La luz se filtra a través de los árboles. Cerca hay unas malvas que florecen junto al granero. Subo y bajo con la mirada fija en los botones blancos de una camisa azul. El aroma del verano inunda el aire y se escuchan voces que cambian de intensidad. Risas.

Piden queso
y les dan hueso.
Mis ojos van del botón de la camisa al cuello.
Pero no hay rostro.

—... ¡y les dan un hueso!

Cooper y Cat rieron; abrí los ojos y, por el visor, observé al abuelo y a Emmett que se dejaba ir hacia atrás entre sus rodillas. La expresión de sus rostros era idéntica: los ojos abiertos y la boca en forma de O. La risa del bebé inundó el cuarto como un rayo de sol y, a medida que presionaba el obturador de la cámara, yo deseaba que también hubiera alguna forma de guardar el sonido de aquella escena.

Y entonces el abuelo se puso de pie y se colocó de nuevo los anteojos. Lentamente bajé la cámara. El bebé gateó por el piso. Cat pasaba las hojas del álbum. Cooper bostezó. Todo había cambiado.

Detrás, por encima de mi cabeza, el abuelo se acomodó el cabello con los dedos, mirándose en el espejo. Di media vuelta y nuestros ojos se encontraron. Fruncí el ceño y él también lo frunció, imitándome; pero me resistí a sonreír. Me quité la cámara del cuello y se la entregué.

—Las cosas no se ven igual a través de la cámara —dije—. No como son en la vida real.

El abuelo se puso la cámara al cuello, hizo una pausa y se enderezó:

—A veces. —Ladeó la cabeza. Empezó a hablar consigo mismo en el espejo—. A veces las fotografías nos muestran lo que en verdad está allí.

—¿Cómo? ¿Cómo puede ser eso? —pregunté.

El abuelo se encogió de hombros, como solía hacerlo, y después dijo algo completamente distinto a lo que acostumbraba:

—No lo sé, Viaje. Quizá por eso la gente toma fotografías: para ver lo que está allí.

Cat cerró de golpe el álbum de fotos, como el punto de un signo de admiración al final de una oración. Emmett comenzó a protestar en el suelo y me incliné para levantarlo. Me miró detenidamente y luego, con un suspiro, me rodeó el cuello con los brazos y recargó la cabeza en mi hombro. Sentí que mi corazón latía más rápido.

—¿A qué te refieres con "para ver lo que está allí"? —pregunté después de un momento; pero cuando me di vuelta mi abuelo se había marchado.

—¿A qué se refiere? —le pregunté a Cat.

Ella no dijo nada. En vez de contestar me entregó una fotografía. Estaba vieja, muy vieja y borrosa, como si la hubieran tomado a través del agua o la arena o el viento. Era la foto de un niño que llevaba un caballo por las riendas, tras él se veían campos arados con surcos como rieles. El caballo hurgaba en el bolsillo del muchacho como si buscara cubitos de azúcar o una manzana; pero el niño miraba a la cámara con un rostro tan familiar que me hizo perder el aliento.

—Vaya —dijo Cooper junto a mí—, podrías ser tú, Viaje.

—Iiii —dijo Emmett tratando de imitar a Cooper.

—¿Es una foto de papá? —pregunté a Cat.

Cooper resopló:

—Hasta yo sé quién es.

Emmett se retorció entre mis brazos y se volvió para mirarme, como si él también supiera de quién se trataba.

—Tal para cual —dijo Cat.

Diariamente yo veía en el espejo la misma cara de la foto. Y acababa de ver ese mismo rostro a través de la cámara.

Era una fotografía de mi abuelo. ❖

Capítulo 4

❖ ESTAMOS a finales de junio. Hoy es el día más largo del año, me dice la abuela, y el más caluroso hasta ahora. El abuelo y yo discutimos durante todo el trayecto hacia el auto. En realidad él lo llama "un diálogo"; yo digo que se trata de un pleito. Peleamos porque quiere que yo conduzca hasta el pueblo.

—No sé manejar —le digo a gritos mientras lo sigo rumbo al auto.

—Vas a aprender.

—No quiero aprender.

—Algún día te alegrarás de haber aprendido.

—¿Por qué?

—Ya estoy viejo. Si un día muero tras el volante tú podrás manejar.

Mi hermana se ríe. Está en el asiento trasero, rodeada de libros, por si se aburre.

Le echo una mirada que la hace reír aún más.

—Apenas soy un niño —digo suplicante.

—Entonces maneja como un niño —me contesta el abuelo.

La discusión está cerrada, pero no antes de que el abuelo intente tomar otro retrato de la familia. A la distancia las oleadas de calor se elevan en el campo, pero al abuelo no le importa. Coloca su cámara en el poste de una alambrada y nos hace posar junto a su automóvil. Obliga a la abuela a salir de la casa y fingir que ella también va al pueblo.

—Loti, ponte un sombrero —le grita.

La abuela se pone su sombrero de paja con fresas de tela y refunfuña de camino al auto.

—Tienes que verte atractiva —le dice mientras él se inclina a observar por el visor.

—No soy actriz, Marcus —responde bruscamente la abuela—. Soy una vieja que tiene calor.

—Eres una vieja muy atractiva que tiene calor —dice él y provoca la risa de la abuela.

Junto a mí, Cat se limpia el sudor de la frente. El auto del abuelo ya está hirviendo; la carrocería negra brilla bajo el sol.

—¿Por qué estamos haciendo esto? —pregunto en voz alta.

—¡El reloj de la cámara ya está puesto! —dice mi abuelo, sin hacerme caso —. ¿Listos? Diez... nueve... ocho...

—¿Por qué? —le pregunto a Cat entre dientes.

Cat me da un ligero codazo y vemos cómo el abuelo corre hacia el auto. La abuela se humedece los labios.

—Cuatro —canta mi abuelo que, lo sé muy bien, intenta verse alto, fuerte e imponente.

—Tres —decimos a coro, todos con la sonrisa preparada.

Sobre nuestras cabezas se escucha el rumor de un avioncito.

—¡No miren hacia arriba! —grita el abuelo, pero él lo hace y no podemos evitar imitarlo.

Ninguno de nosotros escucha el suave zumbido del obturador cuando se dispara.

* * *

—Ay, Marcus —dijo mi abuela—, es sólo que.... —se detuvo.

—Loti —respondió el abuelo en un susurro—. Te amo profundamente y parece que hemos estado casados como ciento cincuenta años. Sin embargo, tú bien sabes que no hay tal cosa como "se trata nada más de una foto".

Se miraron el uno al otro y la abuela le hizo una caricia en el brazo.

—Lo sé —respondió.

—Toma otra —dije, con la esperanza de que se olvidara de enseñarme a conducir—. Lo siento mucho —agregué y, al decirlo, me di cuenta de que en verdad lo sentía.

El abuelo hizo un gesto.

—Ya no importa. Pongámonos en marcha. Tengo unos rollos para revelar y voy a recoger unas fotografías. Necesito comprar unas cosas en el pueblo.

—¿Cosas? —preguntó la abuela—. ¿Qué cosas?

—Cosas —respondió el abuelo mientras caminaba hacia el auto—. Cosas de fotografía. Vamos, Viaje. Maneja.

* * *

El abuelo se coloca en el asiento del pasajero y espera a que yo me ponga al volante. El auto del abuelo es muy antiguo, no tiene cinturones de seguridad;

los asientos son rasposos y las salpicaderas gigantescas. Tiene un estribo. Jamás he visto otro auto igual. Mi hermana dice que ya se extinguieron. La abuela lo llama la paloma pasajera.

Enciendo la marcha. Conozco el embrague y los frenos porque sé conducir un tractor. Pero el auto del abuelo es diferente y avanzamos a sacudidas. El abuelo se asegura con una mano y se cuelga de la correa del techo con la otra, mientras Cat ríe en el asiento trasero.

En el instante en que la granja desaparece de nuestra vista mi abuelo extrae su cámara y saca medio cuerpo por la ventana del auto. De pronto comprendo que quiere que maneje para que él pueda tomar fotos mientras avanzamos. Sé que si tuviéramos un accidente mi abuelo sería capaz de retratarlo mientras ocurre.

—Mantenlo estable —dice el abuelo, y pasamos por el puesto de fruta de los papás de Mili Bender. Con el rabillo del ojo veo un manchón de sandías, duraznos y fresas, y a la señora Bender sentada bajo una sombrilla a rayas.

Pasamos por un maizal lleno de cuervos.

—¡Ey! —grita el abuelo y los cuervos alzan el vuelo con un batir de alas sobre nuestras cabezas. El abuelo gira su cuerpo y dirige la cámara hacia el cielo.

Me río.

—¡Miren! —grito, con repentina excitación.

Cooper se dirige hacia nosotros en su bicicleta: ha reconocido el vehículo. Se le queda mirando y está a punto de levantar el brazo en señal de saludo cuando ve que soy yo quien está al volante. Se queda boquiabierto.

—¡Rápido! —grito—. ¡Toma la foto!

El abuelo se recarga sobre mí y retrata a Cooper justo cuando su bicicleta empieza a bambolearse. Miro por el espejo retrovisor y veo que Cooper nos observa.

—Saben —dije tras una pausa—, apuesto a que la fotografía de nosotros mirando al avión va a salir muy bien.

El abuelo me mira.

—Creo que tienes razón, Viaje —contesta.

—Tal para cual —dice Cat. ❖

Capítulo 5

❖ LAS LLUVIAS de verano llegaron, primero leves, con brumas que caían como encaje sobre las praderas. Cuando el cielo se oscurecía y la lluvia se volvía constante, la abuela nos mandaba a recolectar peonías. Refunfuñando, regresábamos a la casa con enormes ramos goteantes de flores rosadas y blancas. Llenábamos todas las jarras que teníamos y hasta el fregadero de la cocina. El aroma inundaba la casa, como las hormigas que aparecían bajo los botones de las flores, atravesando la casa en zigzag, como si fueran turistas.

En los corredores, el abuelo, inquieto, estaba al acecho tomando fotos con el nuevo *flash* que había comprado en el pueblo, y se soltaba en repentinas danzas para pisotear a las hormigas. Las explosiones de luz reventaban por todas partes hasta que a la abuela se le agotó la paciencia.

—¡Veo puntitos, Marcus! ¡No puedo leer! Vete. Sé un granjero común y corriente.

—Soy un granjero que toma fotografías —dijo el abuelo, arrogante, y luego se calmó—. Soy un granjero-fotógrafo.

La abuela, no muy divertida, lo mandó al granero. Vi que el abuelo se dedicó a tomar acercamientos de las vacas hasta que, molestas por las luces, le mostraron el trasero.

—Quizá los pollos —murmuró él.

Yo estaba de pie tras del abuelo intentando ver qué era lo que miraba a través de la cámara. Luego me dirigí al fondo del granero donde tenía colgadas sus fotos y miré de nuevo las familiares imágenes de la abuela, Cat y yo. Había algunas nuevas: la abuela sonriendo desde la estufa; una de Cat trabajando en el jardín con cara fiera, con el azadón sobre la tierra, como si matara a una serpiente negra. Y entonces la vi: la foto que yo había tomado del abuelo con Emmett en las rodillas. Emmett tenía la boca abierta y los rodeaba una luz que provenía de la ventana. Los bordes eran suaves y borrosos, como si se tratara de una pintura. O de un recuerdo. *Aserrín, aserrán.* Por un instante sentí que yo era Emmett, sentado en las rodillas de alguien. Alguien que me cantaba. Me quedé mirando la foto hasta que un escalofrío me recorrió los brazos. Retrocedí un poco para inclinarme a verla mejor y me topé con el abuelo que estaba a mis espaldas.

—Moviste la cámara —dijo—. Por eso se ven borrosos los bordes.

Asentí.

—Supongo que no es una buena fotografía.

—Viaje —dijo mi abuelo con voz suave—, es una fotografía maravillosa.

—Pero moví la cámara.

—Lo hiciste. ¿Ves cómo parece que Emmett y yo somos los únicos que estamos allí? ¿Cómo parece que nos envuelve una crisálida, aparte del resto del mundo? ¿Ves cómo nos enmarcan los bordes?

La voz del abuelo sonaba cada vez más excitada y sonreí sin querer.

—Bueno —dije entre avergonzado y complacido—. Bueno, no es perfecta.

—¡Perfecta! —el abuelo casi escupió la palabra. Su rostro se suavizó—. ¿Qué es perfecto, Viaje? Las cosas no tienen que ser perfectas para estar bien. Esto se aplica a las fotografías. Esto se aplica a la vida. —Hizo una pausa—. Las cosas pueden ser suficientemente buenas.

Miré al abuelo y después a mi foto. Luego sentí que el abuelo se movía detrás de mí.

—¿Abuelo?

—Dime, Viaje.

Di media vuelta. El abuelo estaba junto a la puerta del granero y, tras él, la lluvia caía violentamente desde el techo. Su vieja capa verde oscuro caía sobre sus hombros como el manto de un rey.

Tragué saliva:

—¿Crees que mamá se fue porque las cosas no eran lo suficientemente buenas? ¿Crees que yo no fui...?

—¡No! —el abuelo respondió alzando la voz, los ojos sombríos—. No —volvió a decir con voz más suave. Avanzó hacia mí y se detuvo—. ¿Sabes que yo te digo la verdad? ¿Incluso cuando no quieres oírla?

Asentí.

—Sí ¿qué? ¿Sí que te digo la verdad o sí que no quieres oírla?

Me quedé callado porque de pronto recordé que una vez en este mismo granero él me había dicho que mi mamá no iba a regresar. Eso no era cierto. Sabía que eso no era cierto.

—A veces —dije en voz baja—, a veces me dices la verdad.

El abuelo apretó los labios:

—Bueno, ésta es una verdad importante, Viaje. No es... —el tono de su voz iba en aumento—. No-es-tu-culpa.

Hubo una pausa y, lentamente, la expresión de su rostro cambió. De alguna manera yo sabía que estábamos pensando lo mismo. Pero, desde luego, mi abuelo lo dijo:

—¿Necesitas alguien a quién culpar, Viaje? ¿Acaso es eso?

Retrocedí un poco:

—Bueno, no es culpa de mamá —dije tercamente.

El abuelo suspiró:

—No, ya veo que no puedes culpar a Lidi. Pero eso está bien. Está bien.

Nos miramos fijamente por un momento; después me volví a ver de nuevo la fotografía de él y de Emmett.

—Me acuerdo de cosas —dije—. Me acuerdo de *Aserrín, aserrán*. —Me di la vuelta para mirarlo de frente—. De verdad me acuerdo.

El abuelo sonrió débilmente:

—No me sorprende que te acuerdes. Pero eras muy pequeño. Querías escuchar esa canción una y otra vez. —Su voz se apagó.

Tomé la cámara del abuelo y lo miré a través del visor mientras estaba allí, de pie con su capa y su sombrero para la lluvia.

—Recuerdo —dije disparando el obturador justo antes de que la sonrisa del abuelo se disolviera— que me sentaba en el regazo de mi papá. Recuerdo el botón de su camisa. Me cantaba y me tomaba de las manos. Y no dejaba que me cayera. Él y mamá me protegían y me cuidaban hasta que...

Asenté la cámara y lo miré fijamente.

Hasta que hiciste que se fueran.

No pronuncié las palabras pero, cuando alcé la vista de nuevo, a juzgar por la expresión del abuelo, parecía que las hubiera dicho.

—¿Dónde están las fotografías? —pregunté.

—¿Qué? ¿Cuáles fotografías? —preguntó a su vez mi abuelo.

—Las fotografías de papá, mamá y yo. Y de Cat. De cuando éramos bebés como Emmett. De cuando yo me sentaba en las rodillas de papá.

El abuelo miró al suelo.

—No hubo muchas —dijo.

—No necesito muchas.

El abuelo suspiró:

—Ya no están —dijo.

No están.

—¿Quieres decir que mamá se las llevó? —pregunté.

El abuelo aspiró profundamente y me miró directo a los ojos.

—¿La verdad?

La piel se me erizó.

—Sí. ¿Se las llevó?

—No, Viaje —contestó el abuelo—. Tu madre las rompió. ❖

Capítulo 6

❖ —CREO QUE no tienes nada —me dice Cat, de pie junto a mi cama como un árbitro sobre el cojín de base—. Y si estás enfermo, te gusta estarlo. Te encanta que te traigamos sopa y *ginger ale*.

—Tengo inflamada la garganta —le digo a la vez que me cubro con las mantas hasta la barbilla.

—Vamos a ver —dice Cat, tratando de que abra la boca para inspeccionar mi garganta.

Puedo escuchar a la abuela practicar sus escalas de flauta en la cocina.

—También tengo fiebre.

—¿Cuántas mantas hay aquí? Una, dos, tres, un edredón, una colcha. Viaje: tienes cinco mantas ¡y es verano! Te vas a convertir en mariposa.

—Cat, mamá rompió nuestras fotos.

—Sí.

—¿Lo sabías? ¿Por qué soy el último en enterarse de todo?

—Tú sabes cosas, Viaje. Sólo que no quieres creerlas. Crees lo que se te antoja creer.

Con un movimiento repentino, Cat me arranca las mantas.

—¡Cat!

Cat abre las persianas y el sol entra estrepitosamente en la habitación. Me cubro los ojos con las manos.

—No estás enfermo, Viaje —dice Cat, junto a la ventana—. Te estás escondiendo.

* * *

La abuela se sorprendió de verme vestido.

—¿Te sientes mejor, Viaje?

—Cat me obligó a levantarme.

La abuela sonrió. Dejó la flauta en el tocador.

—Cat es una mujer de acción. No cree mucho en las introspecciones.

—¿Introspecciones?

La abuela se sentó en mi cama.

—Lo que has estado haciendo aquí durante los últimos dos días. Pensando, esencialmente en ti mismo.

Alcé la mirada de inmediato para ver si era un insulto, pero la abuela miraba hacia el jardín por la ventana, donde Cat limpiaba con el azadón las hileras de verduras.

—Cat piensa que si se mantiene ocupada todas las cosas que la molestan desaparecerán —dijo la abuela.

—¿Funciona?

—No del todo. No más que pensar. Pero te darás cuenta —agregó mirándome— que mi jardín es el doble de grande que el año pasado.

Me asomé a ver las hileras de lechugas y rábanos y los copetes de las zanahorias que parecían helechos. La abuela había quitado más pasto este año e incluso había plantado maíz, que ya me llegaba hasta la cintura. Observamos a Cat terminar una hilera y retroceder un paso, enjugándose el sudor con el dorso de la mano. De pronto se encogió de hombros y siguió trabajando.

La abuela se recargó contra el marco de la ventana y miró a lo lejos, más allá de donde estaba Cat, más allá de la pradera. Su cara se veía triste. *Ella también extraña a mamá.* La tía Lanci y el tío Minor se habían mudado y nos visitaban de vez en cuando. Pero mamá se había quedado a vivir con la abuela. Mamá y papá. Y mamá era la más joven.

—¿Sabes? Todos hacemos lo mejor que podemos —dijo la abuela—. Tu hermana y yo arreglamos el jardín hasta caer exhaustas. —Me miró—: Tú piensas hasta que te enfermas de la garganta. —Suspiró e hizo una señal hacia el granero—: Y tu abuelo toma fotografías.

Afuera, con la cámara al cuello, el abuelo merodeaba por el muro de piedra, espiando a Cat. Por la ventana lo vimos decir algo. Pudimos ver a Cat volverse con mirada de asombro, como un venado sorprendido en el jardín, mientras el abuelo le tomaba una fotografía.

—Mira, Viaje —murmuró la abuela—, ese viejo buitre nos va a retratar.

—¿Cómo lo sabes? —le respondí, también murmurando—. Ni siquiera ha mirado hacia acá.

—Ah, claro que lo hizo. Vi cómo nos miraba con el rabillo del ojo. Soy la mujer más lista de esta habitación.

—¿Por qué estamos susurrando? —susurré.

La abuela rió y me abrazó. Sonreí y ambos nos asomamos por la ventana. De pronto el abuelo giró y apuntó con su cámara hacia nosotros.

—¡Qué mentecato! —dijo la abuela que reía mientras él nos tomaba la fotografía. Se enjugó los ojos con un pañuelo.

—¿Abuela?

—Dime.

—¿Por qué lo hizo mi mamá? Lo de las fotos.

La abuela se encogió de hombros:

—No puedo hablar por Lidi. Nunca pude hacerlo, Viaje. Y no sería justo para ti que lo hiciera.

—Entonces tendré que preguntarle cuando la vea —contesté.

La abuela me lanzó una mirada fugaz y me acarició el cabello:

—Espero que lo hagas, Viaje. De verdad espero que sí.

La abuela fue al tocador y recogió su flauta.

—No debió habérmelo dicho —dije repentinamente—. El abuelo no debió haberme dicho lo de las fotos.

—Pero, Viaje —dijo la abuela—, si fuiste tú quien se lo preguntó. —Por un instante miró la vieja fotografía de mamá que estaba en el tocador—: Es curioso como a veces nos enojamos con quien no debíamos, ¿verdad?

Movió su cabeza como si ahuyentara a una mosca y se fue.

—Oye —le murmuré a la foto—, *podría* tener la garganta inflamada. *Podría* tener fiebre.

Apoyé los codos sobre el tocador y escruté el rostro de mamá.

—¿Me escuchas? ❖

Capítulo 7

❖ Y ENTONCES llegó el gato. Después de las lluvias, cuando el abuelo y yo nos quedábamos callados y nos sentíamos incómodos el uno con el otro, y el césped creció demasiado, y los escarabajos se lanzaban contra las pantallas de las lámparas, escuché el suave golpe del gato que saltó al alféizar de mi ventana. El gato se quedó mirándome, con su cara como de flor de pensamiento, y después, sin sacar las garras, alzó una pata y golpeó la tela de alambre de la ventana. Fue el más leve de los sonidos. Con mucho cuidado levanté la malla y el gato entró, cruzó mi escritorio y se acomodó en mi cama, como si estuviera en su casa. Como si fuese alguien que volviera disfrazado a su hogar. Casi al instante se quedó dormido.

Lentamente salí del cuarto y corrí hacia la cocina.

—¿Cat?

La abuela levantó la vista:

—Tu hermana no está aquí, Viaje. ¿Quieres algo?

No. Sabía que a la abuela no le gustaban los gatos.

El abuelo estaba tras ella, inclinado sobre la mesa, revolviendo su café.

—No, abuela, gracias. Buenas noches.

—Entonces, buenas noches —dijo la abuela, ensartando una aguja a contraluz.

Miré al abuelo y él me devolvió la mirada mientras tomaba un traguito de café con los ojos entrecerrados por el vapor. Inclinó la cabeza a un lado como si me mirara desde otro ángulo. Me encogí de hombros, respiré hondo y puse un dedo sobre mis labios. Sus cejas se arquearon. Esperó un momento, dejó su taza de café y me siguió en silencio por el corredor hasta mi habitación.

—¿Qué sucede? —me preguntó en la puerta del cuarto.

—Mira —susurré, tomándolo del brazo. Señalé con el dedo.

—Pero qué lindura —murmuró el abuelo y sonrió—: Míralo nada más, todo cómodo.

Lentamente fue hacia la cama. El gato se estiró, levantó la vista para mirar al abuelo y se volvió a enroscar.

—¿De quién es? —preguntó.

No contesté y de inmediato el abuelo me miró.

—Viaje —me advirtió—, no. Sabes bien que a tu abuela no le gustan los gatos. Ama a sus pájaros.

—Yo amo a este gato —dije—. Me llamó dando golpecitos en la ventana. Creo que es mío.

—No —negó el abuelo con suave firmeza—, no vayas a ponerle nombre a este gato.

Conocía esta regla de la familia. No le pongas nombre a un animal o te verás obligado a cuidarlo. Si le pones nombre, es tuyo.

—Me tocó en la ventana, entró directo a la cama y se durmió —continué—. Como si viviera aquí. Y aquí vive.

Estiré la mano y acaricié al gato. Él estiró sus patitas y las colocó sobre mi mano, abrazándola.

—¿Ves? —murmuré.

El abuelo se inclinó:

—Aquí hay sangre, Viaje. ¿Ya te fijaste? Hay un pequeño rastro en el suelo.

El abuelo recorrió el cuerpo del gato con su mano y el gato se le quedó mirando con sus ojos entreabiertos.

—Aquí está. Tiene una cortadita en la pata.

El abuelo sacó su pañuelo y, a base de toquecitos, le limpió la pata izquierda al animal. De pronto el gato lanzó una dentellada y atrapó el dedo de mi abuelo entre sus fauces. Contuve el aliento y mi abuelo y el gato se miraron. Un instante después el abuelo sonrió:

—Vales la pena —le dijo y, para probarlo, el gato soltó su dedo, se dio la vuelta y volvió a dormirse.

—¿Qué pasa aquí?

La voz de la abuela sobresaltó al abuelo. El gato no se inmutó.

—¡Santo Cielo, Marcus!

Mi hermana apareció repentinamente tras la abuela. Su rostro se iluminó al ver al gato.

—¡Ay! — Se volvió a verme—. ¿Ya le pusiste nombre?

—¡Marcus! —dijo mi abuela a manera de advertencia, con los labios bien apretados.

—Mira, Loti —dijo el abuelo—, es un animal herido. Tenemos que ser compasivos.

—Sabes muy bien lo que opino sobre los gatos —dijo la abuela—. ¡Y los gatos no son compasivos con los pájaros!

—Le pondremos un cascabel —dije—. Dos cascabeles. ¡Abuela! ¡Por favor! —La abuela tenía una expresión seria. Entonces miré al abuelo—: Necesito a este gato.

Mis palabras me sorprendieron y el abuelo carraspeó:

—De hecho, Loti, es una desgracia, lo sé; pero Viaje ya le puso nombre.

Me quedé mirando al abuelo. La abuela se dio cuenta de mi sorpresa.

—No me digas —respondió cruzándose de brazos—. ¿Y qué nombre será ése?

—Sí —dijo el abuelo. Sus ojos buscaron por todo el cuarto—. Su nombre es. —El abuelo miró el florero que estaba cerca de la ventana lleno de peonías—. Se llama Capullo ¿no es así como le pusiste, Viaje?

Asentí.

—Sí, cómo no —dijo la abuela medio riéndose—, acabas de inventar eso, hombre. Igual hubieras dicho que el gato se llama Peonía.

—Loti —dijo el abuelo—, Viaje sabe que Peonía no es nombre de gato.

La malla metálica se abrió y Cooper asomó la cabeza.

—Vi las luces.

Trepó por la ventana y cerró la malla tras él. Después vio al gato. Cooper se quedó mirando al abuelo, a mi hermana recargada contra la pared, y a mi abuela que aún tenía los brazos cruzados. Por último me miró.

—Desde luego ya le pusiste nombre —dijo Cooper, haciendo que los labios de mi abuelo se contrajeran en una mueca.

—Se llama Capullo —dije.

—Voy por la cámara —dijo mi abuelo.

* * *

Resultó que el nombre de Capullo le quedó perfecto al gato. En palabras de la abuela, Capullo estaba a punto de florecer. En palabras del abuelo: "No es gato. Es gata y está preñada. Vas a ser papá".

La abuela fingió enojo ante la idea de tener más de un gato. Pero pensé que ella lo sabía desde que la vio por vez primera. Y si a alguien quería Capullo era a la abuela. En la mañana Capullo corría hacia ella con un impaciente maullido de bienvenida. Llevaba ratones ensalivados y bien masticados a la escalera de la entrada, esperando orgullosamente a que mi abuela pronunciara todas las palabras de repugnancia que conocía. Por la noche, se sentaba junto a la abuela en el sofá de la sala observándola de cerca.

A Capullo le pusimos un cascabel con objeto de que no cazara pájaros, pero se negó a usarlo y se las ingenió para quitárselo. Entrada la noche la escuchábamos vagar y escandalizar por los corredores de la casa antes de subirse a dormir en mi cama. Pero hasta donde supe, Capullo nunca atrapó un pájaro. Si lo hizo, jamás lo llevó hasta la puerta de mi abuela.

—Ella sabe —dijo Cat con admiración.

—Es la gata más inteligente que he conocido —agregó Cooper, quien nunca había conocido bien a ningún gato—. Es tan inteligente que, si atrapara un pájaro, sabe que tu abuela la mataría y la echaría al montón del abono.

Yo sabía que no era así. Sabía que Capullo y la abuela tenían una vida secreta. Una vez, oculto en la alacena, escuché lo que Capullo oía a diario:

—Ay, no, asquerosa canibalita. ¡Llévate a ese ratón de aquí, miserable gata! —Después la abuela le murmuraba—: Eres una chica espléndida. La mejor del mundo. ¿Quieres un regalito?

Una mañana tomé prestada la cámara del abuelo y las aceché en el jardín: saqué una fotografía de la abuela inclinándose sobre las cebollas para murmurarle algo a Capullo, y a Capullo con la cola en alto y la cara erguida hacia la abuela, casi como si se estuvieran besando.

Días más tarde, cuando el abuelo vio la foto, se quedó muy, muy callado. Al levantar la vista para mirarlo vi que tenía los ojos humedecidos. Colgó la foto en la pared del granero y nos quedamos largo rato uno al lado del otro sin hablar. Después sostuvimos la conversación más breve de toda nuestra vida.

—Loti necesita a esa gata —dijo el abuelo.

Asentí.

—La cámara sabe —dije. ❖

Capítulo 8

❖ LOS DÍAS se tornaban cada vez más calurosos y Flor se ponía cada vez más gorda. El aire húmedo colgaba pesadamente como una cortina en la sala de la casa, pero aún no llegaban cartas: sólo paquetitos de dinero en sobres con un matasellos indescifrable para mí. La abuela desalojó el frutero de cristal del comedor y Flor se acomodó felizmente en él para mantenerse fresca. El abuelo se quejó: ("A mí ni siquiera me deja lavar ese frutero"); pero cuando la abuela se fue él adornó la mesa con toda la porcelana y la plata, encendió las velas y retrató a Flor mientras se arrellanaba en el frutero como una reina. Después me pasó la cámara y les tomé una fotografía: Flor dentro del frutero y el abuelo en la cabecera de la mesa, ambos con el reflejo de las velas en los ojos.

Durante los días de calor el abuelo se dedicó a tomar fotos. Nos tomó una en el arroyo a Cat y a mí con el agua hasta el cuello, y a Cooper con los pies blancos y rugosos que se asomaban entre nuestras caras. Retrató a la abuela en la hamaca bajo el tulipero, mientras tocaba la flauta para Capullo que estaba en una rama. Me hizo conducir el tractor a través del henar mientras él se colgaba peligrosamente sobre la cortadora y fotografiaba las filosas cuchillas al girar.

—Si caigo —gritó por encima del estruendo del motor—; ¡agarra la cámara!

Y enloqueció a las gallinas tratando de tomar una naturaleza muerta de los huevos en el gallinero.

Pero eran los retratos de la familia los que ocupaban su tiempo y provocaban que nos escondiéramos. Lo oíamos gritar con candor: "¡Oigan!", y corríamos a refugiarnos en distintas partes de la casa: la abuela se encerraba en la alacena, Cat se metía bajo la cama y yo me subía al desván. Pero siempre nos encontraba. Una vez posamos a la entrada del granero, bajo el marco de la puerta, pero un pollo pasó volando frente a nosotros. Hasta Capullo se dio cuenta de qué se trataba y salía disparada a esconderse en la habitación más cercana o tras las cortinas. O, solamente una vez, en la habitación de mamá.

Por eso fue Capullo quien las encontró. Bajo la cama, en el cuarto al que jamás entrábamos; en el cuarto que mamá había quitado todo rastro de su presencia, Capullo se escondió junto a la caja, esperando a que la halláramos.

—¿Qué es esto? —preguntó Cat, recostada en el piso junto a la cama—. Sal de ahí, Flor.

Yo también me recosté en el piso y alcé el rodapié de la cama. Capullo me lanzó una serie de golpecitos sin sacar las garras y saltó dentro de una caja. La alcancé con la mano y saqué la caja con Capullo agazapada dentro.

Hubo un ruido a nuestras espaldas. El abuelo tomó a la abuela del brazo, como si fuese su prisionera.

—Vamos. Ya la atrapé. Sólo una foto.

Y entonces Capullo saltó de la caja. Y el rostro del abuelo cambió.

Dentro de la caja había cientos de pedacitos de fotografías rotas. Trocitos y fragmentos de caras y brazos y cuerpos; tajadas de escenas, de cielo y flores; una puerta, una entrada aquí; el granero allá, la cara de una vaca mirando por encima de una reja. *La mano de un bebé.*

Me incorporé. La abuela puso la mano en mi hombro.

—No las tiró —dije en un susurro.

—Parece que no —respondió mi abuelo con voz cortante.

Él y la abuela intercambiaron miradas.

—Bueno —dijo Cat, que se sacudía el pantalón mientras se levantaba—, vaya que acabó con la familia. ¿Verdad?

Nadie dijo nada. Entonces Cat alzó la vista, miró al abuelo y a la abuela:

—A mí me parece un asesinato.

Asesinato. La palabra me derrumbó. Sí, parecía una matanza. Cat tenía razón. Dentro de aquella caja había personas: Cat y mamá y papá. Y yo. La mano de ese bebé, ¿era la mía?

Alcé la caja del suelo y miré a Cat. Estaba pálida. Las lágrimas se asomaban a sus ojos.

—Voy a arreglar esto, Cat —le dije—. Voy a pegar todas las fotografías.

—Ay, Viaje… —empezó a decir la abuela.

Pero el abuelo la detuvo:

—Está bien, Loti. Viaje tiene derecho a estas fotografías.

Metió la mano a la caja y meció un puñado de fragmentos. Los pedazos se escurrieron como agua por entre sus dedos.

—Es el pasado de Viaje —afirmó.

* * *

La mañana ha llegado y se ha ido. La tarde también. La lámpara de pie alumbra la habitación formando un charco amarillo sobre las fotografías. Los rostros me miran junto con un perro que no recuerdo o del que me he olvidado, y el rostro de Cat cuando tenía siete u ocho años. Pero la mano del bebé... ¿Dónde está su cara? ¿Y dónde está la fotografía del hombre que lo tiene en sus brazos?

Durante largo rato trabajo a solas, escogiendo y colocando los trozos de fotografías como un rompecabezas gigantesco. Pero tan sólo logró pegar unas cuantas. No las que quiero. Cat viene a inclinarse junto a mí y se limita a observar. La abuela viene a traerme la cena y más tarde el abuelo se pone de pie atrás de mí para no hacerme sombra. Se inclina durante un momento, toma un pedazo y lo vuelve a colocar en su sitio. Después se va, sin hacer el más mínimo ruido.

La luna ilumina las ventanas cuando algo, un movimiento en la habitación, me sobresalta. Capullo pasa sobre las fotografías, levanto la vista y veo a Cooper sentado en una silla junto a la ventana. Lleva un extraño sombrero vaquero, demasiado chico, que le queda apretado. Nos miramos.

—Cooper —digo con voz suave—, voy a pegar estas fotografías y entonces todo va a estar bien.

Cooper no dice nada. Levanto la mirada para verlo:

—Lo estará —le digo—. Lo estará —murmuro. ❖

Capítulo 9

❖ *ESTOY SOÑANDO. Siempre sé cuando estoy soñando porque puedo volar. Vuelo sobre la granja, vuelo sobre las matas de arándano, sobre el granero y la casa. Planeo sobre el abuelo que está en el campo. Cuando lo llamo desde las alturas él levanta la cámara y me retrata con mis alas tibias. Después desciendo hacia un camino. Un camino que se convierte en un mapa y el mapa es enorme y contiene todas las carreteras y las sigo y recorro uno por uno todos los pueblos y ciudades. Cuando trato de llamar de nuevo mi voz ha cambiado y ahora es la de un pájaro. Y nadie alza la vista para mirarme.*

Desperté, sudando, con la primera luz que entraba por la ventana. Me incorporé y miré la silla en el rincón. Entonces recordé que Cooper se había ido hacía mucho tiempo, después de que habíamos trabajado y Cooper se había recargado en el respaldo de la silla y había dicho que era imposible. Me dijo que no podía pegar todas las fotos porque eran más de las que yo había pensado. *Mira*, me había dicho, *algunas de las fotos son muy viejas; aquí está parte del rostro de tu abuela cuando era niña. Como la foto del columpio. ¿Recuerdas?*

El rostro de mi abuela. *Mi mamá había hecho pedazos hasta a la abuela.*

Y yo le dije a Cooper que su sombrero se veía ridículo.

Y se fue.

Y supe que mi mamá jamás regresaría.

Me levanté y miré por la ventana. La bicicleta de Cooper estaba recargada contra la pared y tuve la vaga esperanza de verlo allí también; pero sabía que había regresado a su casa caminando, solo en la oscuridad a través de los campos.

Tras de mí la lámpara seguía encendida, con su pálida luz amarilla derramada sobre las fotos. Me agaché a recoger los pedazos, tratando de no ver las caras de las personas mientras llenaba la caja y la guardaba en el clóset. Capullo apareció y frotó su cara contra mi brazo. Con un ronroneo saltó al interior de la caja y se quedó allí recostada, mirándome con sus ojos cansados.

—La caja es tuya, Capullo —le dije—. Después de todo, tú la encontraste.

Salí por la ventana sin hacer ruido para no despertar a nadie y pedalee la bicicleta de Cooper hasta su casa. No había avanzado mucho cuando me eché a llorar.

* * *

Cooper vivía en una casa blanca de madera con un camino de cemento. Donde a uno y otro lado se alternaban hileras estrechas de petunias blancas y de salvias rojas de su madre. Pensé en el jardín de flores y vegetales de la abuela cada cada vez más grande. Pero a la mamá de Cooper no le gustaba la jardinería.

"Si Dios hubiera querido que nos dedicáramos a la jardinería nos habría dado terrenos arados y listos para sembrar. Y tampoco habría creado la hierba mala", había dicho una vez.

Rodé la bicicleta por el sendero. No me sorprendió ver a Cooper en el pórtico del frente, sentado en una silla metálica blanca. Tampoco me sorprendió el que aún llevara puesto su sombrero vaquero.

—Gracias por traer mi bici —dijo.

—Lamento lo que dije acerca de tu sombrero.

Cooper hizo una señal con la cabeza. Me senté a su lado.

Nos quedamos mirando el patio limpio.

—¿Has estado llorando? —me preguntó Cooper sin mirarme.

—Sí.

Un momento después Cooper se encogió de hombros igual que mi abuelo.

—Bueno, entonces entremos. La señora MacDugal está preparando el desayuno —dijo Cooper.

Cooper llamaba a su mamá señora MacDugal. Como lo hacía el señor MacDugal. Supuse que algún día no muy lejano Emmett iba a decir: "Por favor, déme mi biberón, señora MacDugal".

En la cocina, la madre de Cooper estaba haciendo *pancakes*. Emmett, sentado en su silla alta, tenía la cara, los brazos y hasta los codos untados de plátano y puré de manzana. La miel de los *pancakes* pegaba sus cabellos al cráneo. La comida delineaba las arrugas de su cuello como con mastique.

—Está aprendiendo a comer —me explicó la señora MacDugal a la vez que colocaba un plato frente a mí—. ¿Quieres desayunar, Viaje?

Emmett me sonrió mientras brotaba plátano por entre sus dos dientes frontales.

—Poquito, por favor —dije y Cooper se rió.

—¡Señor MacDugal! —gritó la mamá de Cooper.

—¡Ya desayuné, señora MacDugal! —respondió el papá de Cooper desde el piso de arriba. Pero enseguida irrumpió en la cocina con sus ropas de trabajo y besó a Emmett, después a Cooper, después a la señora MacDugal y después a mí. Me sobrecogió tratar de recordar cuándo había sido la última vez que alguien me besó. Había sentido la tibieza del beso en la frente y me incliné para terminar mi *pancake*.

La casa de Cooper estaba llena de fotos de la familia: en el refrigerador y sobre la puerta de la cocina. Al terminar el desayuno seguí a Cooper hasta el comedor: sus bisabuelos estaban colgados encima de la vitrina. En la sala había fotos de Cooper bebé, rollizo como una ciruela; del señor y la señora MacDugal antes de casarse; y las fotos más recientes de Emmett, todo aseado y con expresión inteligente. Recorrí habitación tras habitación con Cooper mientras veía su vida en las paredes.

—Mi abuelo dice que a veces las fotografías nos muestran la verdad —dije.

La señora MacDugal estaba en la puerta, observándonos.

—Algunas veces, quizá. Pero, ¿ves mi foto que está sobre el piano?

Tomé la foto enmarcada en plata. La señora MacDugal era joven, sus padres estaban de pie detrás de ella y sus hermanos la flanqueaban de manera protectora.

FRIGOMAX

—¿Acaso no parecemos la familia perfecta?

Asentí, sonriente.

—Bueno, pues mi hermano Fergus, el que se ve a la izquierda, me estaba pellizcando con toda el alma cuando tomaron la foto. Toda la vida me hizo lo mismo. Aún lo hace.

Examiné la fotografía de cerca, buscando ver algo que me contara esto. Pero sólo había sonrisas.

—A veces —dijo la señora MacDougal— la verdad está en alguna parte detrás de las fotografías. No en ellas.

En la cocina, Emmett, aún sentado en su silla alta, empezó a chillar.

—Bueno —dijo la señora MacDugal—, voy a tener que bañarlo con manguera. —Se dio media vuelta—. Es temprano, Viaje. ¿Loti y Marcus saben dónde estás?

—Lo voy a llevar en mi bicicleta, señora MacDugal —dijo Cooper.

* * *

Vamos por el camino de tierra, voy en el asiento trasero con las piernas hacia afuera y Cooper pedalea frente a mí. Me sostengo de su cintura y dejamos atrás campos y praderas y vacas; dejamos atrás a Fritz, el viejo perro de los Moody, que hace como que nos persigue.

—Fritz, Fritz —canta Cooper y Fritz se detiene, atónito por el sonido de su nombre, justo antes de estrellarse contra el buzón.

Pasamos por la granja de los Fuller. Los potros corren a lo largo de la reja y levantan nubecitas de polvo cuando se detienen. Cooper pedalea por la entrada de mi casa hasta detenerse en el prado que da a mi habitación. Cuando entro por la ventana, Cooper me sigue, todos están allí: la abuela, el abuelo y Cat miran el interior de mi clóset.

Capullo ha tenido a sus gatitos. ❖

Capítulo 10

❖ En la caja de fotografías, ahora arruinada, estaban Capullo y sus gatitos: cuatro cuerpos diminutos, todos húmedos y oscuros.

—Sólo estuve fuera una hora —murmuré.

La abuela sonrió:

—A veces no se necesita más.

—Viaje, lamento lo de las fotos —dijo el abuelo.

Suspiré.

—Está bien. Era imposible. Pero la mano de aquel bebé... —mi voz se fue apagando.

Observamos a los gatitos que se movían con torpeza tratando de pegarse a su mamá y los escuchamos producir maulliditos.

Capullo levantó la vista para ver a la abuela.

—Sí —dijo la abuela como si repondiera a una pregunta que el resto de nosotros no hubiera escuchado—. ¡Eres una madre maravillosa!

Cat se inclinó para acariciarle la barbilla a Capullo.

—¿Quién le enseñó? —pregunté de repente.

—¿Le enseñó qué? —dijo Cooper—. ¿Cómo tener gatitos?

—No —dije yo—. Cómo ser una madre.

Hubo un silencio. El abuelo se encogió de hombros.

—Las madres saben —respondió, mirando a la abuela.

Cat dijo lo que yo estaba pensando.

—No todas.

Nadie habló, pero Capullo empezó a asear a sus bebés, demostrándonos lo que era ser madre, como si hubiera entendido nuestras palabras.

—Abuelo —dije—, quiero tomar una foto. Con el cronómetro.

Mi abuela y Cat gruñeron al mismo tiempo.

—¡Ay, no! —se quejó Cat—. ¡No me digas que ahora son dos!

El abuelo me hizo un gesto.

—Claro que quiere tomar un retrato de la familia. En la sala, Viaje.

La cámara y el tripié de mi abuelo estaban recargados contra la pared del corredor.

—Yo la tomo. No soy de la familia —me dijo Cooper.

Me quedé a la entrada y miré a Cooper a través del visor. Aún llevaba puesto su sombrero vaquero.

—Cooper —le dije—, eres parte de la familia. Pero yo quiero tomar esta fotografía.

Al mover la cámara vi a mi abuelo sonriéndome desde el otro extremo de la habitación.

—Ahora —dije—. Todos...

Hubo risas.

—¿Qué? —pregunté.

—Suenas como ya-sabes-quién —dijo Cat, señalando con la cabeza al abuelo.

—¿Quién? —preguntó el abuelo.

—Los gemelos fotógrafos —dijo Cooper irónicamente.

—Ahora —dije—. Todos... —le lancé una mirada a Cat.

La abuela estaba sentada junto a Cat, que se recargaba en su hombro. Cooper se hincó tras ellos. El abuelo, del otro lado, me observaba atentamente.

—¿Listos? —pregunté.

* * *

Cuando miro a través de la cámara el tiempo de algún modo aminora su paso. Veo a Capullo que observa a sus gatitos; contemplo a la abuela besar a Cat en la cabeza y a Cat que se vuelve para sonreírle; a Cooper con su estúpido sombrero y a mi abuelo, sonriéndome porque sabe que lo estoy mirando.

"Sonrían", les digo, pero no necesito decirlo porque todos están sonriendo. Sonrisas de verdad que también se ven en sus ojos. *Diez, nueve, ocho*, digo, y el sombrero de Cooper se ladea y Cat bufa de risa. *Siete, seis*. Regreso a posar para la fotografía y el abuelo me extiende la mano. Caigo en sus brazos, en su regazo y me sostiene allí, con cierta expresión de asombro, como si yo fuera un recién nacido. Me quedo mirando el botón de su camisa. Después lo miro a la cara. "Rápido", me susurra. Me vuelvo y miro hacia la cámara justo en el momento en que el obturador hace *clic* y el sombrero de Cooper cae al piso.

* * *

La cocina estaba oscura y fresca y callada. Cooper se había quedado a comer: pollo, puré de papa y chícharos.

—Es agradable comer con gente que no tiene comida sobre la cara —dijo Cooper con seriedad. Hizo una pausa—. Pero quiero a Emmett.

—Claro que lo quieres —dijo la abuela.

El abuelo, que tenía la barbilla apoyada en las manos, miró a Cooper:

—Eres un buen hermano —dijo

Bajo la mesa sentí un súbito roce contra mis piernas. Capullo alzó la mirada para verme, después caminó hacia la puerta de tela de alambre.

—¿A dónde va? —pregunté alarmado.

Cat se levantó de la mesa:

—Va a salir, Viaje. No te espantes. —Cat abrió la puerta y Capullo salió a sentarse en el pórtico. Cat se volvió a mirarme—. Va a regresar —me dijo con voz suave.

Cooper también se puso de pie:

—Gracias —dijo—. Me gusta llegar a casa para el baño de Emmett.

Cooper salió al pórtico y por un instante se quedó de pie junto a Capullo. Después se puso el sombrero.

—Adiós, Cooper —dijo Cat.

Todos salimos a despedir a Cooper.

—Quizá algún día —dijo Cat pensativamente— me case con él.

La abuela sonrió y le dio una palmadita a Cat en la espalda. Ambas se fueron al jardín.

El abuelo se quedó a mi lado, jugueteando con su cámara. Alcé la vista para mirarlo. Con todas mis fuerzas traté de recordar algo nuevo, algo que estaba a punto de recordar. El abuelo se colgó la cámara al cuello.

—Creo que voy a darme una vueltecita por el gallinero.

Sonreí y lo vi bajar las escaleras. Adentro, el teléfono sonó y él se dio la media vuelta.

—Yo contesto —le grité.

* * *

—Diga.

Miro hacia la puerta de tela de alambre.

—Viaje, ¿eres tú? —dice mi madre.

La línea crepita y permanezco de pie muy quieto, observando al abuelo alejarse de la casa.

—¿Viaje? —Ahora su voz se oye más fuerte—. Dime, ¿cómo has estado?

Respiro profundamente.

—Llegó una gata —le contesto—. Y la gata es muy buena madre. —Alzo la voz—. Y ella se va a quedar aquí conmigo, para siempre. ❖

Capítulo 11

❖ El abuelo me encontró en el granero. La luz sesgada entraba por las ventanas y las motas de polvo flotaban en el aire entre nosotros. Se sentó junto a mí en la banca que estaba frente a la pared de las fotos. Ahora ya había docenas que tapizaban el muro. Algunas jamás las había visto.

—Ésa es nueva —dije, señalando hacia el acercamiento de un pollo con expresión feroz.

—Ese pollo me picotéo en la muñeca —dijo el abuelo. Extendió la mano para mostrarme el pequeño pinchazo rojo—. Tomar fotos es un trabajo peligroso.

Asentí, mirando la foto que yo había tomado, toda tierna y borrosa, en que el abuelo tenía a Emmett en sus rodillas.

Hubo un silencio.

—Me preguntó cómo estaba —dije tras una pausa. Levanté la vista para mirar a mi abuelo—. Y nunca dijo que lamenta haberse marchado.

El abuelo suspiró:

—No. Lidi no quiere sentirse culpable.

AL INSTANTE
CONSERVAS

—Bueno, pero es culpable —dije con una voz tan tenue que el abuelo tuvo que inclinarse para escucharme—. Y después dijo, "Sólo eran fotos, Viaje".

El abuelo se acercó y me rodeó con su brazo. Me recargué contra él.

—Una fotografía detiene un pedacito de tiempo, bueno o malo, y lo conserva —dijo—. Tu mamá creyó que no había nada que valiera la pena recordar después de que tu padre se fue. Pensó que todo lo bueno estaba por suceder en el futuro, esperándola... a la vuelta de la esquina. Tu mamá realmente no comprende las fotografías.

—Pero nosotros sí, ¿verdad? —dije.

Sentí más estrecho el abrazo de mi abuelo.

—Sí.

Suspiré:

—Nada me gustaría tanto como tener cosas que recordar.

El granero estaba en silencio. En alguna parte del jardín la abuela tocaba en la flauta los primeros acordes de una canción que yo no conocía.

—La abuela está mejorando —dije.

—Sí —respondió él—. Y eso es bueno —agregó, haciéndome sonreír.

—Mamá quiere que vaya a visitarla —dije.

El abuelo se puso de pie, se dirigió hacia la pared de las fotos y se acuclilló como si las estuviera examinando.

—Le dije que no podía. Le dije que tenía una gata y unos gatitos que cuidar.

El abuelo se enderezó.

—Le dije que tal vez algún día; que si me enviaba palabras en vez de dinero iría a visitarla. Quizá.

El abuelo no dijo nada.

—¿Abuelo?

—Dime, Viaje —respondió con voz suave.

—Le dije que nada es perfecto. A veces las cosas son buenas y ya.

Me incorporé, me acerqué a él y miré el retrato de familia en el que aparecíamos con el cuello blanco bajo el sol, mientras alzábamos la vista para ver el aeroplano que pasaba sobre nuestras cabezas.

—Esa foto me gusta —dije.

—A mí también. Dijiste que iba a ser una buena fotografía. ¿Recuerdas?

Miré la foto de nosotros enmarcada por la puerta del granero, con el manchón del pollo que pasó volando.

—¿Ése es el pollo que te picó?

El abuelo soltó una carcajada:

—¡Quizá!

Echó la cabeza hacia atrás y me quedé mirándolo, asombrado por el sonido. Llevaba mucho tiempo sin oírlo reírse. De pronto pensé en el beso que el señor MacDugal me había dado en la frente y en lo extraño de la sensación.

Observé al abuelo. Y entonces, antes de que dejara de reírse —porque quería recordar lo que se sentía— me paré de puntillas y lo besé. ❖

Capítulo 12

❖ DOS MESES. Habían pasado dos meses y un poco más. No parecía tanto al decirlo pero la abuela creía que el tiempo variaba según el viaje: no era lo mismo ir a las montañas que a sacarse una muela.

—A veces las cosas suceden muy rápido y no hay oportunidad de pensar en ellas. Como el colibrí que viene a mi toronjil —dijo la abuela—. No lo ves llegar y apenas te das cuenta cuando se va.

Como la partida de mamá.

Dos meses. Los gatitos habían crecido lo que entonces parecía la mitad de toda una vida. Se tambaleaban por la casa y saltaban en el aire cuando se metían en las botas del abuelo. Emmett estaba aprendiendo palabras como "mamá" y "pa". Cooper trataba de enseñarle "desintegrar".

En ese lapso la abuela había logrado terminar en la flauta toda una pieza, de principio a fin. Dijo que era de Vivaldi. Su versión de Vivaldi.

El abuelo hizo varios viajes al pueblo en automóvil, él solo. Nos lanzaba miradas furtivas cuando se iba y cuando regresaba. Llevó varios paquetes y una caja enorme al granero.

—¡No me sigan! —ordenaba con voz seria y fuerte que provocaba que Cat y yo soltáramos a reír, y producía una sonrisa en la abuela.

—¿Qué está haciendo? —le preguntó Cat a la abuela.

—Secretos —contestó—. Secretos que me oculta hasta a mí, ¿puedes creerlo?

La abuela se dirigió a la entrada del granero:

—Marcus querido, ¿qué estás haciendo?

La voz del abuelo se oyó desde el fondo del granero:

—No trates de engañarme con esa vocecita melosa, Loti.

La abuela volvió al pórtico a practicar su Vivaldi, rodeada por su cortejo de gatos y, más tarde, cuando mi hermana y yo fuimos al granero por las cubetas para las frambuesas, vimos un candado reluciente en la puerta del cuarto de herramientas. El abuelo no estaba a la vista, pero escuchamos sonidos tras la puerta.

Cat tocó.

—¿Abuelo?

—Estoy ocupado —su voz sonaba amortiguada—. Estoy ocupado en mi oficina.

¿"Su oficina"? Cat repitió esas palabras sin producir ningún sonido, nos sonreímos mutuamente y nos fuimos a recolectar frambuesas.

Las frambuesas crecían más allá del pastizal, a orillas de la pradera donde también se daban la achicoria silvestre y el encaje. La abuela las había cubierto con una red para protegerlas de los pájaros. Cat y yo la apartamos y nos metimos bajo la red.

—¿Cada tercera o cada cuarta? —preguntó Cat, a punto de comerse una frambuesa.

—¿Una sí y otra no?

—Cada tercera —dijo Cat, echándose una a la boca.

Durante un rato recolectamos en silencio las frutas. Producían un sonido suave cuando las arrojábamos a la cubeta.

—¿Te acuerdas de cuando hacíamos tiendas de campaña en el patio de atrás? —dije, recostándome para mirar el cielo a través de la red.

Cat asintió:

—A ti te gustaba construirlas. Y cuando las terminabas te sentabas en su interior, todo inquieto y nervioso, en espera de que algo más sucediera —dijo.

—Es porque me encantaba construirlas —respondí.

—Y a mí me encantaba sentarme dentro cuanto te ibas —dijo Cat.

Hubo un silencio. Cat tendió su mano para tocarme el brazo.

—¿En qué piensas?

—En algo que dijo el abuelo, acerca de que mamá esperaba a que las cosas sucedieran. ¿Te acuerdas de una vez cuando mamá se metió a la tienda con nosotros?

Cat hizo un gesto afirmativo.

—Se sentó allí durante un minuto, después nos miró y dijo: "Bueno, ¿y ahora qué?"

—Tú y yo no le bastábamos —dije.

Me comí una frambuesa. Estaba agria y durante un rato me ardió un poco la lengua.

—Cat.

Cat alzó la vista.

—Lo siento. Siento no haber podido pegar las fotos. Quería que todo estuviera bien de nuevo.

Cat sonrió.

—Lo sé. Tú y el abuelo, tal para cual.

—¿A qué te refieres?

Cat se sentó sobre sus talones.

—¿Por qué crees que el abuelo toma retratos de familia?

—Le gusta hacerlo. Le gusta la cámara.

—No —dijo Cat—. A ti te gusta la cámara a tu modo, Viaje. ¿Acaso no sabes que el abuelo quiere devolverte todo lo que mamá se llevó? Quiere darte una familia.

Todas esas veces. Todas las veces que el abuelo nos había rondado, reuniéndonos a todos para retratarnos, arrancándonos de nuestros escondites, bajándonos de los árboles y sacándonos de la alacena o de la cama.

—Cosas que yo pueda recordar —murmuré.

—Cosas que él pueda recordar también —añadió Cat.

Cat dejó caer una frambuesa en la cubeta.

—Cat, ¿odias a mamá?

Cat miró la cubeta:

—Odio lo que hizo.

Asentí.

—Eso dices, pero, ¿lo sientes de verdad?

Cat alzó la vista.

—Estoy tratando.

Exprimí una frambuesa entre mis dedos.

—¿Crees que le importamos?

Cat suspiró:

—A su manera, Viaje.

Cat se comió una frambuesa y el jugo trazó un arroyito en su barbilla. De pronto miré hacia el sol que brillaba a través de la red como una fotografía fuera de foco, y después miré a Cat. La cuadrícula de la red se dibujaba en su cara como una telaraña.

—¿Qué es? ¿Qué sucede? —me preguntó.

—Desearía tener la cámara del abuelo en este instante —dije, empezando a sonreír.

Los ojos de Cat se dilataron. Me puse de pie rápidamente y ella me siguió y me persiguió hacia la pradera. Asustamos a los tordos que volaron sobre nosotros. Pusimos en fuga a una marmota que estaba en la barda de piedra.

Detrás de nosotros las aves comenzaron a devorar las frambuesas bajo la red, pero no importaba. ❖

Capítulo 13

❖ ERA DE NOCHE y la luna estaba suspendida sobre el granero. Capullo se encontraba acostada en mi cama. Arriba, sobre mi cabeza, se oían pasos en el cuarto de mamá. Capullo levantó la mirada y sus orejas se irguieron. Un cajón se abrió y se cerró, después otro. Alcé la vista, expectante, y un momento después el abuelo se hallaba ante la puerta de mi habitación.

—Buenas noches, Viaje.

Traía un gran sobre y a uno de los gatitos.

—¿Ya te vas a dormir? —pregunté.

Sin decir nada, el abuelo se quedó mirando la luna por la ventana. Había estado inquieto y distraído todo el día, tamborileando con los dedos sobre la mesa durante la comida y apretando los labios en actitud pensativa. En dos ocasiones había abierto la boca para decir algo que no llegó a decir. Una vez, a mitad de nuestra conversación, dijo a nadie en particular

"¿Bueno, crees...?" Nos volvimos a mirarlo, expectantes, pero él siguió comiendo.

—Algo está tramando —dijo la abuela junto al fregadero de la cocina,

mientras me pasaba un plato para que lo secara—. Lo espiaría o, mejor aún, le preguntaría, pero es más divertido hacerlo esperar.

—¿Te refieres a que sí quiere decirnos lo que está haciendo?

—Tal vez. Acaso quiere que le preguntemos. Podrás hacerlo cuando llegue el momento.

—¿Cuándo? ¿A qué hora?

—Tú sabrás cuándo —había dicho la abuela.

El abuelo estaba de pie inmóvil en mi habitación. El gatito que llevaba en sus brazos bostezó.

—Abuelo. ¿Abuelo?

—¿Qué? Ay, no. Todavía no me voy a acostar. —Meneó la cabeza—. No, tengo qué hacer.

Bajó al gatito y me miró con sonrisa que era más que una simple sonrisa.

—Abuelo, ¿estabas en el cuarto de mamá?

—Ah, sí...

Conocía ese tono. No quería o no iba a decir nada.

—El gatito se había metido allí —dijo—. Muy bien, buenas noches.

—Buenas noches.

Escuché el sonido de sus pisadas a través del corredor y en el descenso hacia la cocina. Después la puerta de tela de alambre se abrió y se cerró con un rechinido. Por la ventana pude verlo cruzar el patio, meterse al granero y cerrar tras de sí. La luz se encendió en el interior. Después, mientras yo seguía mirando, se volvió a apagar.

* * *

Estoy dormido. Vuelo. Cooper y Emmett están en mi sueño, y les explico que esto es un sueño, mi sueño de volar. Cooper me sonríe y Emmett tiende su manita para tocarme. "¿Crees que nosotros también podríamos volar?" me pregunta Cooper. Estoy a punto de decirles "sí", pero en vez de eso digo: "esperen".

* * *

—¡Esperen! —exclamé.

Me senté en la cama, despierto. Junto a mí los gatitos se agitaron. Salté de la cama y fui hacia la ventana. La luna se había ido pero la luz de afuera seguía encendida. Prendí la lámpara que estaba junto a mi cama. Eran las cuatro de la mañana. Capullo lanzó un sonidito gutural desde su caja en el clóset. Apagué la luz, bajé descalzo y salí al patio.

La luna se había puesto tras la casa. Anduve a tientas por el jardín deseando haberme puesto los zapatos. Llegué al final del sendero que conducía a la entrada de la casa. El prado y las piedras estaban cubiertos de rocío. Muy lentamente abrí la puerta del granero y me deslicé en su interior. Jamás había estado ahí de noche y había formas y sombras nuevas. Me pareció distinto al lugar diurno. Era como si aún estuviera soñando, como si hubiese llegado a un granero distinto que era como el nuestro sin serlo.

Pasé frente a las cubetas de semillas y los recipientes de madera; en algún lugar tras el heno se escuchó un crujido: un ratón o una rata. Pasé por las cuadras hacia el fondo del granero. La puerta del cuarto del abuelo estaba cerrada. Sin embargo, a través del espacio inferior de la puerta un filo de luz roja salpicaba mis pies. Giré con cuidado el picaporte y abrí la puerta despacio.

Llenaba el cuarto una luz roja que se derramaba sobre la mesa, sobre el equipo y sobre mi abuelo. Un olor penetrante y extraño inundaba el lugar. El abuelo se hallaba inclinado sobre su charola de revelar y miraba algo que estaba dentro. Después sacó del líquido un pedazo de papel.

El abuelo programó el metronomo de la abuela y empezó a hacer *clic* hacia adelante y hacia atrás. *Clic. Clic. Clic.* Lo observé, medio hipnotizado por el sonido y por el movimiento. Entonces, muy lentamente, el abuelo volvió la cabeza y me miró. Vio mi piyama y después bajó la vista hacia mis pies. *Clic. Clic. Clic.*

—¿Dónde dejaste tus zapatos? —me preguntó con una voz que me sobresaltó.

Abrí la boca para responderle y entonces lo vi. Detrás de mi abuelo, colgado de una cuerda, por unos ganchos de madera, estaba mi retrato de familia. La fotografía de los gatitos y de Capullo en la caja, de Cooper con su sombrero vaquero, de Cat recargada contra la abuela, y de mí, en brazos de mi abuelo y mirando a la cámara con una expresión de sorpresa.

—¿Qué...? —empecé a decir.

—Guarda un minuto de silencio —dijo el abuelo, tomando de un recipiente una fotografía para meterla en otra cubeta.

Alargó la mano y apagó la luz roja. Encendió la luz de arriba. Parpadee, luego me acerqué a la mesa y bajé la mirada. Era la fotografía de Cooper en su bicicleta, con la boca abierta y expresión de asombro.

—El día en que manejé el auto —dije.

El abuelo me sonrió.

—Un cuarto oscuro —le dije, devolviéndole la sonrisa—. ¿Tú lo hiciste?

El abuelo tenía el cabello todo revuelto y sonrió aún más.

Me vio mirar el retrato de familia.

—Es una buena foto —dijo.

—No es perfecta —dije—, pero...

—Es bastante buena —dijimos casi al unísono.

Entonces el abuelo se encogió de hombros y lanzó un suspiro, con una gran sonrisa.

—Y todavía faltan más, Viaje —dijo con suavidad.

* * *

Los negativos de las fotografías de mi mamá están en un sobre grande. El abuelo los desparrama sobre la mesa; yo, con mano temblorosa, sostengo uno a contraluz. En el negativo las personas están completamente blancas, como si las hubiera atrapado un relámpago y me miran fijamente. Hay un bebé.

—Ésta —digo, casi en un suspiro.

El abuelo asiente y me entrega otro negativo. Me observa mientras lo veo a contraluz.

Es un hombre y sostiene a un bebé en sus rodillas. Miro la fotografía. Entonces el abuelo levanta la mano para encender la luz roja.

Todo el tiempo el abuelo habla con voz suave, con la cara iluminada por el brillo rojizo, mientras me dice lo que va haciendo. Pero apenas escucho sus palabras. Me cuenta de la ampliadora y de cómo funciona, pero yo espero y observo en silencio mientras, como un rostro que sale de la niebla, la cara de mi mamá aparece en el papel, papá está junto a ella, y ambos le sonríen al bebé

que soy yo. El bebé tiende una mano y la madre se inclina hacia él. Lo besará una vez que el obturador haga *clic*.

Miro fijamente el rostro de mamá. Después la cara de papá. Y algo que he estado tratando de recordar aparece de pronto en mi mente, como el rostro en el pedazo de papel. La cara de mi papá es una cara que desconozco. *Es una cara que no recuerdo*.

El abuelo lava la fotografía y la cuelga para secarla. Aspira por la boca y produce un silbido:

—Ahora —dice—, la otra fotografía.

Pongo la mano en su brazo.

—Lo sé —le digo—. Ya lo sé.

El abuelo no se sorprende. Sonríe un poco y levanta la vista para ver mi retrato de familia.

—Me sentaba en tus rodillas —le digo—, no en las de papá. Y tú me cantabas *Aserrín, aserrán*. Era tu camisa, tu botón el que yo recordaba. —Hago una pausa y luego le susurro—: Era tu cara.

El abuelo baja mi retrato de familia.

—Y ésta es de cuando supiste —dice mi abuelo.

Miro fijamente mi cara llena de asombro en la fotografía mientras estoy tendido en el regazo de mi abuelo.

* * *

Apagamos las luces y salimos del granero. Con las yemas de los dedos voy siguiendo la forma de las paredes de madera. Toco el heno como si el hecho de tocarlo lo hiciera mío de algún modo.

El abuelo me tiende su mano y toma la mía. De pronto me detengo en la puerta.

—Alguna vez me quisieron —le digo.

Su mano aprieta la mía y cuando abrimos la puerta para salir del granero se ha esfumado la noche y ha salido el sol. ❖

Índice

Viaje de Patricia McLachlan, núm. 77 de la colección
A la orilla del viento, se terminó de imprimir en los talleres
de Impresora y Encuadernadora Progreso, S.A. de C.V. (IEPSA),
Calzada San Lorenzo núm. 244; 09830, México, D. F.
durante el mes abril de 2003.
Tiraje: 10 000 ejemplares.

para los grandes lectores

Encantacornio
de Berlie Doherty
ilustraciones de Luis Fernando Enríquez

Y de pronto el mundo se iluminó para Laura. Vio el cielo lleno de estrellas. Vio a la criatura, con el pelo blanco plateado y un cuerno nácar entre sus ojos azul cielo. Y vio a los peludos hombres bestia que sonreían desde las sombras.
—¡Móntalo! **—le dijo la anciana mujer bestia a Laura—.**
Encantacornio te necesita, Genteniña.
El unicornio saltó la barda del jardín con la anciana y con Laura sobre el lomo. La colina quedó serena y dormida: Laura, los salvajes y el unicornio se habían ido.

Berlie Doherty es una autora inglesa muy reconocida. En la actualidad reside en Sheffield, Inglaterra.

para los grandes lectores

Una sarta de mentiras

de Geraldine McCaughrean
ilustraciones de Antonio Helguera

—Mamá, lee esto —**dijo Ailsa extendiéndole el libro abierto; luego comenzó a caminar por la tienda, al ritmo de los latidos de su corazón. No podía ser. Él existía. Lo había tocado. Tenía que existir. La vida de otras personas había cambiado a causa de él. Hizo un esfuerzo para recordar los diferentes clientes a quienes Era C. había atendido. ¿Dónde estarían? ¿A dónde se habrían ido? ¿A quién acudir y pedirle prueba de su existencia?**

Geraldine McCaughrean es una autora inglesa muy reconocida; en 1987 recibió el Premio Whitbread en Novela para niños. En la actualidad reside en Inglaterra.

Una vida de película

de José Antonio del Cañizo
ilustraciones de Damián Ortega

El Jefe del Cielo al fin se decidió a hablar:
—Tomad a cualquier hombre del montón y, ¡sacaos de la manga una vida emocionante y llena de acontecimientos!
Sir Alfred Hitchcock dijo:
—Un caballero inglés siempre acepta un desafío. Me comprometo a transformar la vida del más mediocre y aburrido de los hombres que pueblan la tierra en toda una aventura... ¡UNA VIDA DE PELÍCULA! ¿Queréis participar en la aventura, compañeros? **—añadió dirigiéndose a John Huston y a Luis Buñuel.**

José Antonio del Cañizo vive en Málaga, España. En sus obras combina la corriente realista con el estilo y los recursos de la literatura fantástica: "fantasía comprometida", dice él. Ha obtenido varios premios importantes y sus obras figuran en algunos de los principales catálogos internacionales de literatura infantil y juvenil.

Una vida de película ***ganó el primer premio del I Concurso literario A la Orilla del Viento.***

para los grandes lectores

Cuento negro para una negra noche

de Clayton Bess
ilustraciones de Manuel Ahumada

Este pequeño quiere saber cómo es el mal. Les voy a contar todo acerca del mal. Y también les voy a contar del bien. Es cosa del corazón. Es la gente y lo que la gente hace. Les voy a contar la historia de Maima Kiawú. Llegó en su negra noche, negra como ésta y trajó su mal a nuestra casa. Yo entonces era un niño y las cosas eran diferentes. Kataka era una aldea pequeñita y esta misma casa estaba rodeada de selva, porque el pueblo no había llegado hasta acá a juntarse con nosotros...

Clayton Bess nació en Estados Unidos; vivió en Liberia, en el África Occidental durante tres años; actualmente radica en el sur de California.

para los grandes lectores

La guerra del Covent Garden

de Chris Kelly
ilustraciones de Antonio Helguera

**Algo extraño se percibe en el ambiente.
Un olor amargo y siniestro.
Un olor que presagia el cierre del mercado.
Por años las ratas del Jardín
se han alimentado con las sobras del mercado.
Si el mercado cierra para siempre,
la Familia morirá de inanición.
Zim debe de descubrir la verdad.**

Chris Kelly es un prestigiado autor inglés. En la actualidad vive en Inglaterra.